U0075023

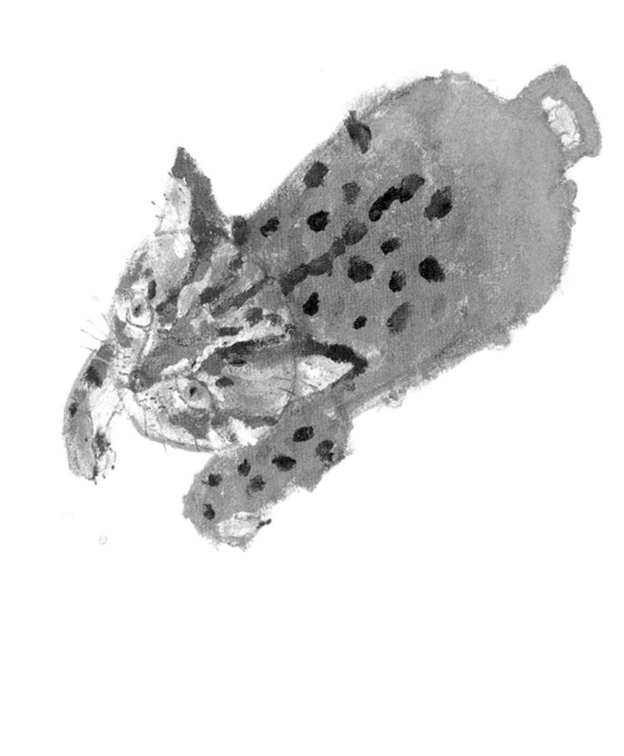

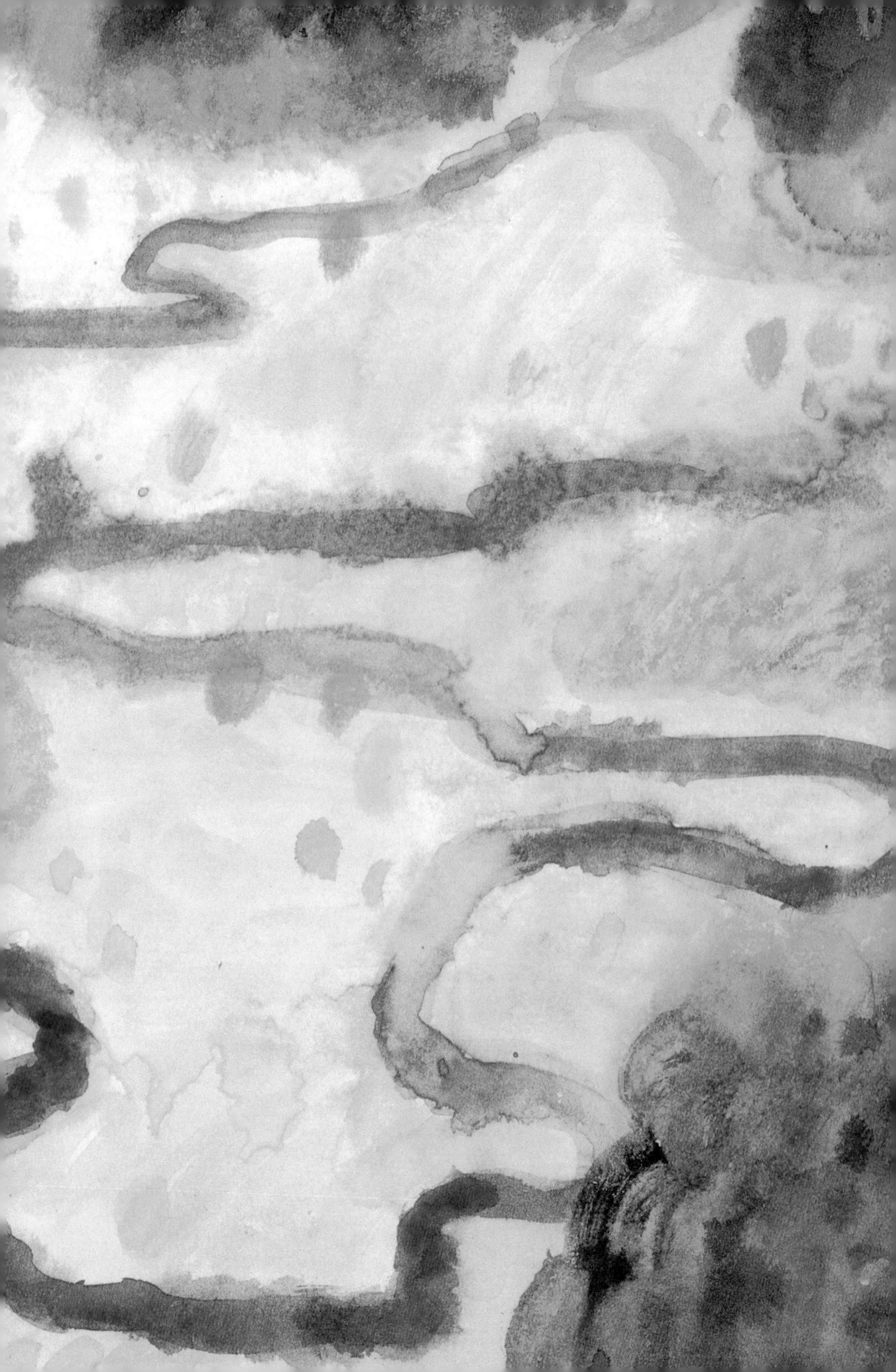

藍眼叔叔

文／李崇建．甘耀明

圖／Ila Tsou

作者序

說書的好時光

甘耀明、李崇建

我們是作家，也是作文老師。

我們教作文時，經常分享故事，說深刻的故事，讓孩子開心學習。

說故事的時候，我們請孩子大膽參與，當故事到了關鍵處，會請孩子想想要怎麼安排情節呢？在每段故事後面有什麼想法呢？希望孩子大膽創造與思考。

講故事是古老的活動，在電影、電視、收音機與網路發展之前，有人會在樹下或市集，講故事給民眾聽，這種活動叫做「說書」，臺語稱爲「講古」，是民間的口傳文學藝術。

我們教作文時，邀請孩子進入故事，一起創作，一起迸發火花，這是迷人的說書時光。

聽完故事之後，我請學生寫「爛作文」。

他們寫的爛作文，透過老師的故事暖場，自己也發揮「寫故事」的功力，作文通常爛得「妙」極了，簡直精采萬分，不只是想像力精采，他們的思考也豐富。但更令人驚豔的是，他們透過這種方式，往後的作文越寫越好，發揮了高水準。我們的故事應該很有魔力，充滿正向能量，成了引爆孩子寫作的導火線。

學生喜歡聽故事。每次我們說故事，學生常哈哈大笑，或緊張兮兮，有時候安靜沉思。他們聽故事時，感受故事魅力，感受語言的美，參與故事的情節，理解故事的意義。

爲什麼要講故事呢？因爲我們喜歡故事，尤其是精采的故事。

所以我們決定了，將故事寫出來，給更多孩子閱讀。

《透明人》和《藍眼叔叔》是我們在課堂講過的故事，如今成了你手捧著的書本，附上精美插圖，令人欣喜。

我們倆的童年，成長於臺灣的淳樸鄉村，曾經在偏遠山上教書，生命中都有山川、有河流，有很多自然記憶。這兩本書描寫的田野風光、河流漣漪、微風徐徐、樹葉翩翩、小鳥啼鳴、昆蟲爬行……，都是我們惦念的重要生活。我們曾經撿鳥蛋、在河裡捉魚、在草叢抓蜻蜓、在森林找兜蟲、在樹上架吊床……，那是一段美好時光，成了我們繼續往前行的重要資產。

我們想將鄉村的單純，屬於生命中最自然、最純真的快樂，邀請所有的孩子參與。也許你讀了我們的故事，對自然會多一分用心，多一份細膩的觀察，多一點兒感動，這樣便足夠了。

然而，童年不只有美好，也有很多的失落，都是生命的一部分，比如成績不如意、被師長責罵了、朋友別離了，或者親人逝去了，都是失落。面對失落的感覺，令人很想躲起來，不想被任何人看見，就像一個透明人。

失落就像變透明，悠悠蕩蕩的感覺，其中包含自由的元素。如果能接受失落，生命就獲得成長，能穿梭世界，領受更多的美麗，幫助更多的他人，爲世界盡一份心力。

但是小時候不懂，不懂如何面對失落，不懂失落蘊含寶藏。

或許我們想透過某種方式，讓自己變得強大，便能忽略生命中的失落。於是我們偷偷練功，如今看來很荒唐，像《透明人》

中的小星星與小猴子，不斷尋找透明人藥方，鬧了不少笑話。我們買了武林祕笈，暗自練習鐵沙掌、一陽指，甚至你沒有聽過的九節佛風功。崇建上數學課，覺得很無聊，因此偷練一陽指，被老師叫到走廊罰站，全班哈哈大笑；耀明早晨特別早起，偷練九節佛風功，招式很好笑，被弟弟看見了，笑得倒在地上。

我們後來才發現，面對外來挫折，不是練功，是練心，因爲眞正強大的力量來自於內心，心的鍛鍊要經過挫敗、失落與勇氣，才能看見眞正的寶藏，感受到愛的存在，生命的可貴之處。

我們看過珍貴的東西，就在日常生活中，但卻常常被忽略了。這珍貴的東西是《藍眼叔叔》中的傷害，每位小孩是小孩，但每位大人是受過傷的小孩，受傷是生命必然過程，但是鍛鍊了人心。這樣講起來有點玄，換個方式說也行，生命是《藍眼叔叔》中象徵的大山，一座美麗的山，是地殼努力推擠的傷痕，可能經過颱風或地震摧殘，或者經過人爲破壞。但是，沒有一座山，經過這樣的過程，願意放棄恢復綠意，都願邀請大自然回來。

我們童年的山川、樹木、田野、動物，都是如斯美麗；我們將心打開了，能感受世界的愛，感受萬物的珍貴，我們能自由的運用，當然，更有能力保護。

長大後的我們，將這些珍貴資源，特過文字與角色，表達觀察與關懷，幻化成美好故事，講給大家聽，讓孩子有美妙的閱讀時光。

於是，崇建將上課講的關於生命與環境的故事，寫成了《透明人》、《颱風兄弟》，再由耀明增添了情節。《透明人》中練阿茲海默功的奶奶、吃掉信件的小羊，都是耀明後來加入；《颱風兄弟》這篇，耀明也增加了角色，放入「藍眼叔叔」，篇名就改爲《藍眼叔叔》了。

透過這樣的初衷與過程，我們創作出這兩本故事書，更期待有天能聽到孩子的故事。

推薦序

生命的故事

水牛書店×我愛你學田負責人　劉昭儀

作爲說故事的大人，我們總是拿自己的生命經驗做素材，堆疊出各種眞實與幻想交錯的情節，期待讓孩子童眞的世界，塗抹上各種明亮或陰暗的色彩。好奇的孩子，把自己全心全意的交給你……承載吸納著所有新鮮、未知、不思議的故事。那是他們人生畫布的第一道底色。

我家的羅小弟，幼時每晚都要聽故事；漸漸長大之後，也大略明白父母的路數與技法（好像也就是這麼回事！）；於是開始自己閱讀、自己想像、然後有自己的故事。比如說，他會有一個手機（假的）；同學會一直打電話或Line他，約他打線上遊戲（現實中並沒有線上遊戲權限）。所以每次對戰，便會發生各種愛恨情仇（是肥皀劇嗎？），他不時會突然轉頭問我：「馬麻，我可以跟同學出去玩嗎？」（不可以，因爲沒有人約你）我們一邊忙著手邊的工作，一邊還要機警的瞬間入戲、不可破哏。晚上睡覺前躺在床上，則是羅小弟獨享的世界。他終於安靜下來，屬於今天的奇幻故事，會在小小的腦袋溫柔而輕緩的流轉，直到無力抵抗睡意，才會闔上古靈精怪的大眼睛。

於是我們要看《透明人》和《藍眼叔叔》……不只因爲是羅小弟的菜，更是每天陪著他，在想像與眞實世界不斷穿越的大人，所必要的解藥。這裡有我們熟悉的自然鄉野生活經驗，所餵養出最原汁原味的純粹；也有天馬行空、超越作文範本的綺麗情節；沒有讓孩子一眼看穿的文以載道、卻是迂迴曲折但深刻啟發的觀點。最棒的是沒有句點……有無限的可能與延伸，要留給大人小孩讀者們開創！

所以我們可以一直樂此不疲的讀故事、想故事、講故事、討論故事、甚至書寫故事，然後孩子們終究會知道，成長的灌溉與養分，會讓未來長高、長大、長成不同的樣貌，堅強、脆弱、得意、失落、喜悅、悲傷……都在屬於自己，精采動人的生命故事之中。

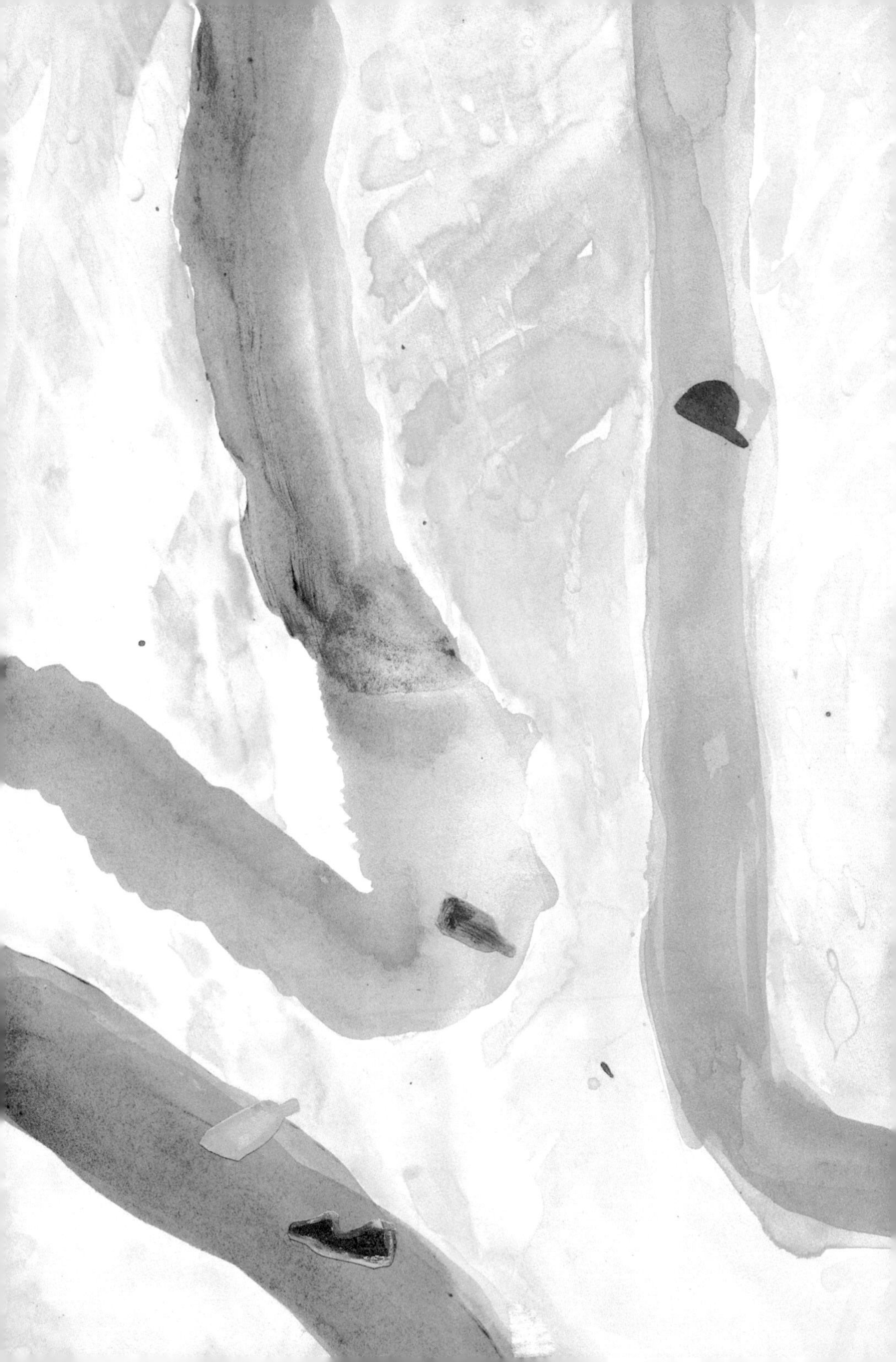

一

三弟出生滿月的時候，小瓦河又氾濫了。

小瓦河從山裡來，一路奔奔跳跳，水流聲響亮，比鴨子還要吵。

河流來到村子便安靜了，有幾處小潭水，青青綠綠，好像動人的眼睛，然後在壞名聲的毒龍灣翻滾，洶湧離開。

這條河是輸送帶，帶來各式各樣的東西，青菜的菜葉、孤單的拖鞋、破掉的玻璃瓶，或斷一隻腳的玩具小錫兵……。

三弟出生滿月的時候，小星星與二弟站在河邊，希望撿到什麼東西，送給三弟當禮物。

一支雨傘漂過來，又漂走了。河流還帶來一支拐杖、一把壞掉的掃帚、一頂安全帽、一個浮浮沉沉的破瓦罐，它們在小星星與二弟眼前經過，然後離開他們的視線。然後是……老天爺呀！一張紅色沙發在波浪上跳動。

吃著棒棒糖的二弟，眼睛瞬間發光，嘴巴張得又大又空洞。

紅沙發沖到毒龍灣，水太洶湧，撿不到了。

「三弟一定喜歡那沙發，多可惜呀，不知是誰家的？」二弟看著毒龍灣把紅沙發吞下，心情失落極了。

「有人家淹水吧！沙發被沖出來，現在無家可歸了。」爸爸走過來，悠悠說道。

「我們家會淹水嗎？」二弟放下棒棒糖，神情有一絲擔憂，眺望毒龍灣的滔滔水波，「我不希望家裡的東西，變

成別人的禮物。」

「有可能喔！颱風來的時候，小河漲滿水，很多東西想離家出走喲！」爸爸摸摸二弟的頭，望著河水說。

「颱風什麼時候來呢？」小星星和二弟異口同聲問。

爸爸沒有回答，靜靜的閉起眼睛，聽小瓦河說話。有時嘩啦嘩啦，有時轟隆隆，河流的聲響總有不同，爸爸總是沉醉其中。小星星不喜歡水聲，瞪大眼瞧著河面，一心想著河流帶來的禮物，一定有什麼值得給三弟。

陽光照亮那條蜿蜒的河水，綻放金色光芒，一套藍色衣物在飄動，瓦藍的衣服與孔雀藍的褲子順著流水來到小瓦村。

「那是三弟喜歡的衣服。」二弟邊說邊跑。

「三弟也會喜歡那件褲子。」小星星也跑過去河邊，「不過我會先搶到。」

兩兄弟穿過芒草，不在乎草會割人；他們跳上水灘，不在乎水花濺溼了褲子，越靠近河流，他們的競爭越凶，非得搶下那套衣褲，他們在乎的是輸贏，輸的人會被笑好幾天。

「回來，快回來，湍急河流是恐怖的惡魔，會奪走你們的命。」爸爸睜開眼大喊，追了過去，「喔！孩子，快回來，那不是衣褲，那是恐怖的東西，拜託不要看。」

來不及了，他們看到的不只是衣褲，衣褲還套在一個玩偶上。

二弟天不怕、地不怕，就怕搶不到東西。二弟老是搶走小星星的玩具、搶走他的皮球，也常常搶走餐桌上他最愛吃的菜。這次二弟的速度很快，一把將穿著藍色衣褲的玩偶拉了回來，大喊：「我搶到了一個人。」

「放下它。」爸爸大喊。

「我搶到了，你輸了。」二弟笑著對小星星說。

三弟出生滿月的那天，二弟在河裡撿到一個玩偶。

玩偶躺在水面像一首詩，隨著流水發出節奏，它臉上掛著簡單微笑，耳朵旁繡著一朵泡桐花，柔風盤旋在上頭，手腳鬆軟的癱在水面，襯著閃亮陽光，玩偶好像睡著了。

「別再睡了，快起來。」二弟拍拍玩偶的臉頰。

玩偶果真醒過來，坐在水上，伸伸懶腰，深深的打了一個呵欠，拿下耳朵上的泡桐花，將花送給了二弟。

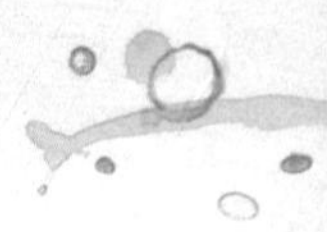

玩偶睡在顛簸的河濤上，漂流到小瓦村，只是等人叫醒他。

「你是我撿的禮物，我要送給三弟。」

「好呀！謝謝你撿到我。」

「你的眼睛是藍色的，好美，我要把你當禮物送給三弟。」

「好呀！」

「叔叔，我叫你藍眼叔叔好了，你從哪裡來的？」

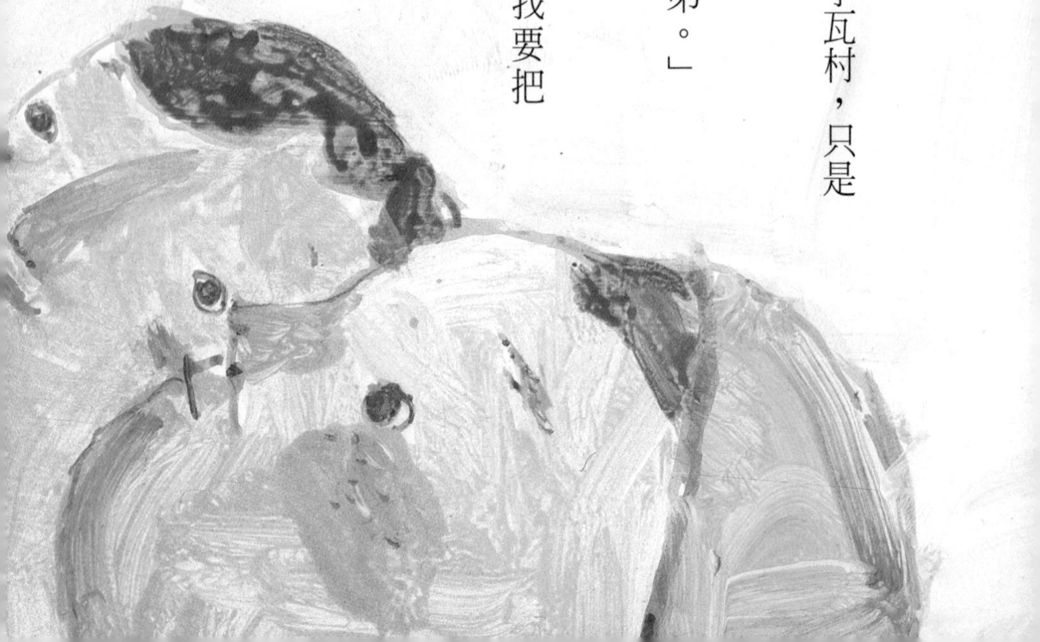

擁有藍眼睛的叔叔，伸手往上游指去，說：「那裡。」

順著他的手指看去，小瓦河發源自那些山，一群山很擁擠，霧氣裝飾著它們。

那裡的群山，有的踮著腳高聳、有的橫臥睡覺、有的翠綠蔥蔥、有的神祕兮兮，但是它們賜給小瓦河溪水，也賜給天空白雲。

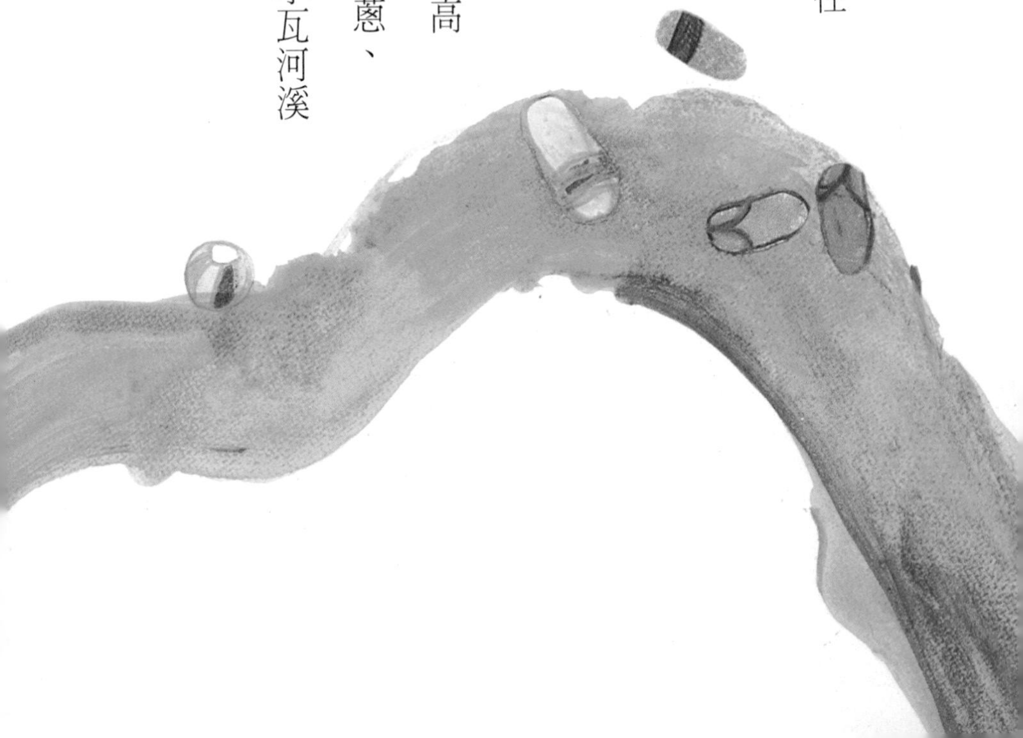

還有，外婆家也在群山中。

二

炎熱的六月，小星星一家回外婆家去。

那天的天空很藍，藍悠悠是夏日的顏色，是夏天的心情。媽媽抱著三弟，帶著二弟和小星星，順著像蚊香捲繞的山路前進，到山上的外婆家。

藍天，也跟著他們到外婆家。

外婆坐在門口，搖著扇子，等他們回來，她的背後襯著群山。

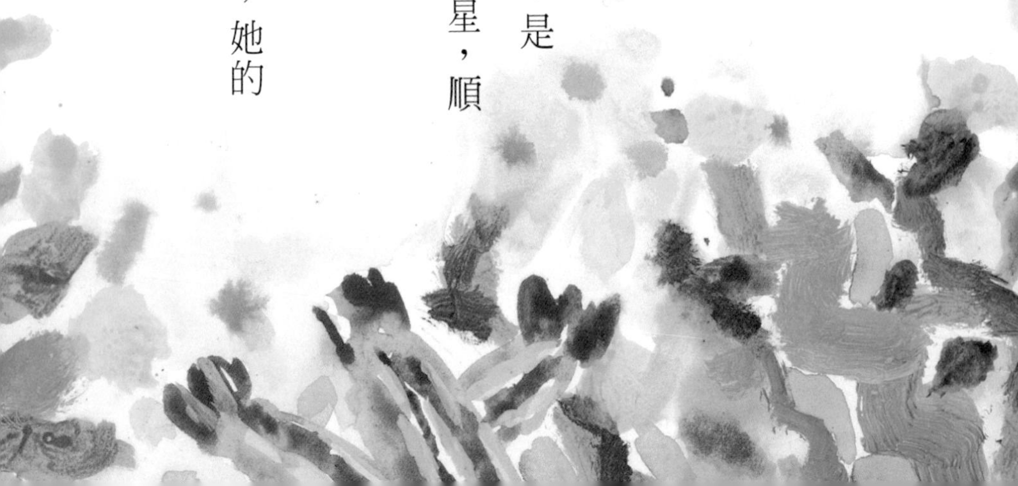

「外婆，我要告訴你一個祕密……」二弟匆忙衝過去，他只有六歲，祕密卻有一籮筐，急著倒出來。

外婆站起身，卻先去瞧三弟。

三弟裹在軟綿綿的布包裡，很舒服的樣子。山裡的風微涼，夾帶著好多味道。三弟笑了。

外婆撫摸三弟的臉頰，對他微微笑，看見他眼皮上有一個小包，對小星星和二弟說：「你們看，那是一個記號。」

「外婆，我告訴你一個祕密……」二弟插話，可是沒人理他，於是改口：「那是蚊子叮的，」

「這是颱風做的記號，他是颱風天出生的吧！」外婆檢查三弟的頭髮。

三弟的頭髮又濃又黑，有明顯的髮旋，頭髮往中間那兒捲去，像是颱風眼。三弟確實是颱風天出生的，哭聲比強風還要大，流出的眼淚氾濫成災，醫院的醫生與護士都嚇著了。

「那是颱風的記號。」小星星說。

「我們要去摘『颱風草』幫他洗澡，以後他就不會頑皮了，搞得像颱風團團轉。」外婆話說完，戴起斗笠，背著竹籠，前往更幽靜的山裡採藥草。

初夏裡的一切好像融進山裡，化成綠意盎然，沒有一絲其他顏色。

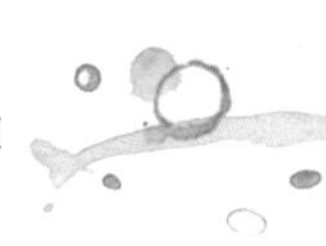

山澗的溪水喜歡唱歌，有的淙淙，有的潺潺、有的泠泠，有的咕嚕、有的漉漉，但沒有聲音比二弟的更吵，他一直想跟外婆講祕密。但是外婆要他等一會再說。

「我快受不了，我有個祕密要跟你說，要等多久？」

「把藥草蒐集齊全。」

「你們看，那是芙蓉。」二弟指著遠方，那裡果然有一株藥草。

「沒有錯。」

爬過兩座山，在陽光燦爛的山腰，樹木層層疊疊，濃綠中有不同顏色在風中跳躍顫動，二弟興奮的說：「我看見艾草與雞屎藤。」

「太棒了，你記得我講過的藥草，你怎麼這麼厲害？」外婆呵呵笑。

「我巴不得現在就把祕密告訴你。」二弟情緒高昂，像小麻雀不斷跳著，可是爬過一座山之後，他安靜下來，指著前方說：「去年這裡有座山，怎麼現在沒有了？」

這個原本群山圍拱的地方，現在剩下一灘黃泥巴，變得光禿禿、慘兮兮，悅耳的鳥叫也不再逗留，到底是誰在一夕

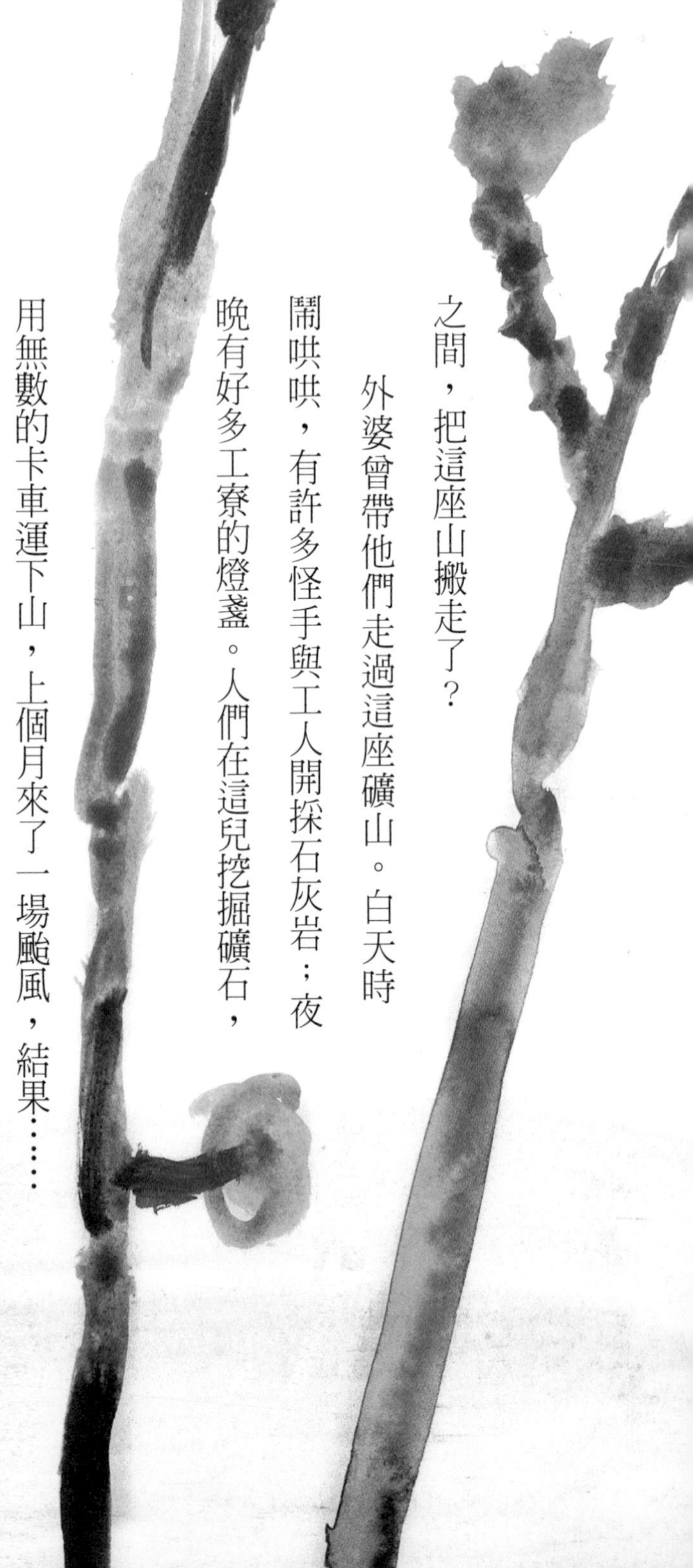

之間，把這座山搬走了？

外婆曾帶他們走過這座礦山。白天時鬧哄哄，有許多怪手與工人開採石灰岩；夜晚有好多工寮的燈盞。人們在這兒挖掘礦石，用無數的卡車運下山，上個月來了一場颱風，結果……

「房子、機械與幾個人被沖走，連一座山都被大雨沖走。」外婆說。

小星星矗立不動，想起可怕的畫面。那天他們和爸爸站在河邊，看見河流帶走黃滾滾的砂土與禮物，「好可怕！原來我們撿到的玩偶是來自礦山。」

「原來山會死翹翹，剩下泥巴。」

「沒錯，山會死，但是它也會復原，慢慢長出新的樹木，只是過程很漫長。」

「我看見它復原了，而且是颱風草。」二弟指著黃土地中間，長出幾株綠油油的植物，他上前摘下後，興奮的跳腳：「外婆，藥草蒐集到了，我快受不了，我有個祕密要跟

你說。」

「好呀！靠著我的耳朵講。」

扳回一城的機會到了。小星星等二弟靠近外婆時，大聲宣布：「祕密是：我們在小瓦河撿到一個藍眼玩偶。」

「閉嘴。」弟弟大吼。

「玩偶是個人，他是一個人，他是叔叔。」

二弟非常不高興，皺著一張臉，咬著下嘴脣，最後號啕大哭，他不斷大罵小星星，把他的祕密講出來，他就沒有祕密可講了。

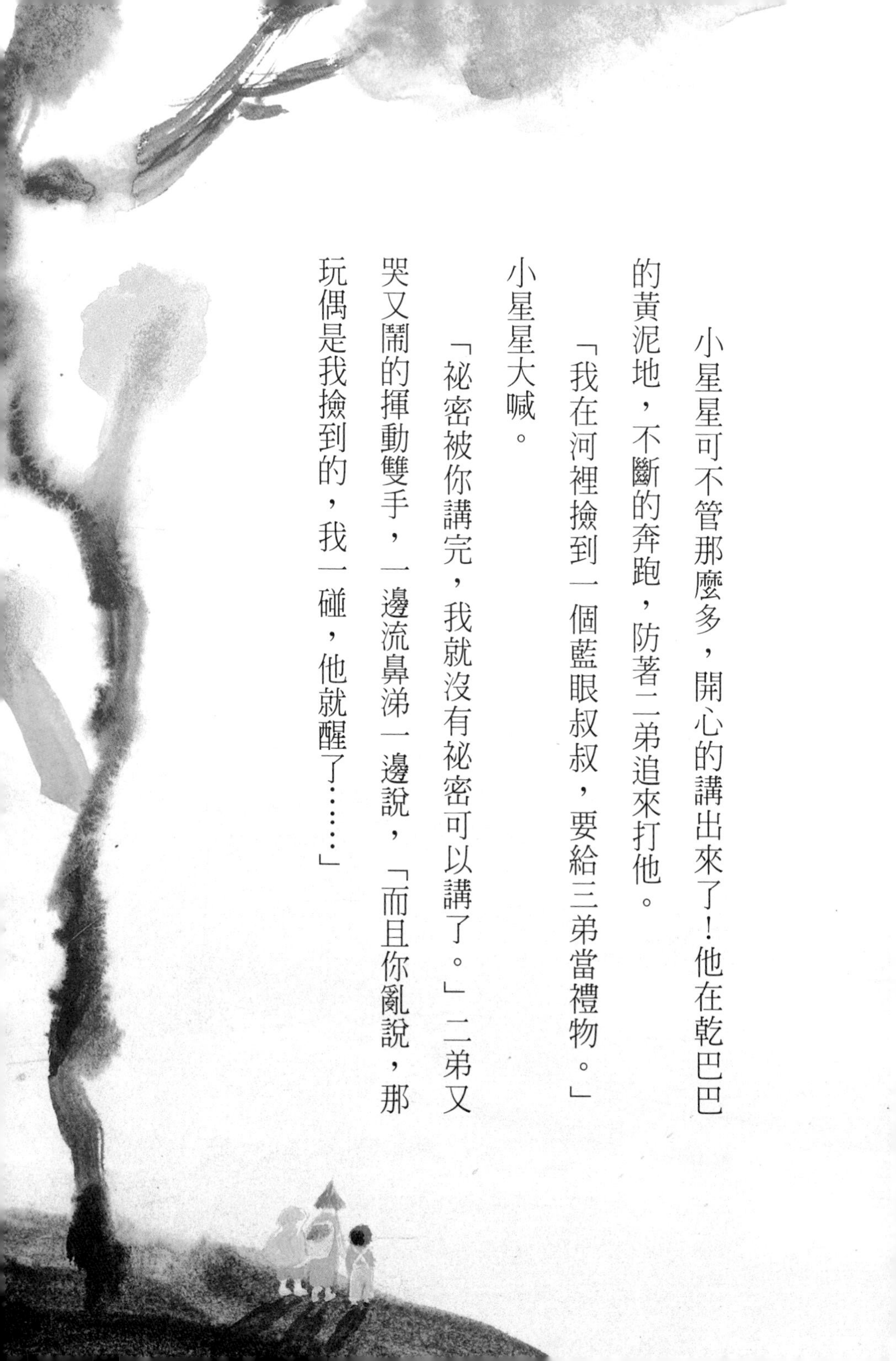

小星星可不管那麼多，開心的講出來了！他在乾巴巴的黃泥地，不斷的奔跑，防著二弟追來打他。

「我在河裡撿到一個藍眼叔叔，要給三弟當禮物。」小星星大喊。

「祕密被你講完，我就沒有祕密可以講了。」二弟又哭又鬧的揮動雙手，一邊流鼻涕一邊說，「而且你亂說，那玩偶是我撿到的，我一碰，他就醒了⋯⋯」

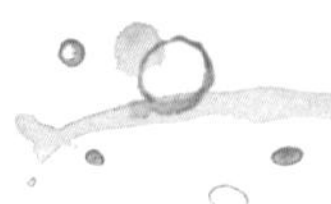

爸爸在小瓦河養了六隻鴨子。

「呱呱呱、呱呱呱。」鴨子搖頭擺尾，在河面優游。

他們為鴨子取了綽號，大呱、二呱、三呱、四呱、五呱、小呆瓜。

天剛濛濛亮，微風輕輕吹拂，牠們撲通六聲，下水了。

天空暖得發藍，鴨子好快活，在水中游來游去。

當天空變灰，飄細雨絲時，鴨子也不回家，將脖子藏在水裡潛泳。鴨子在河面排成「人」字型，突然換成一列，追逐流水帶來的孤單拖鞋、不知誰遺忘的小娃娃、

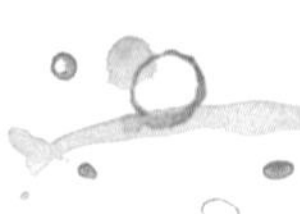

迷路的小錫兵。鴨子這樣追逐，好像問它們：「要去哪兒呀？送你一程吧！」

只有落日沉到大河對岸，呈現熟透橘子的紅顏色，鴨子才從紫紅色的光暈中，一隻隻游上岸。鴨子一邊抖落身上的水珠，一邊搖擺尾巴，走回家裡溫暖的小窩。

「是夕陽將鴨子送回家的喲！

一、二、三……」小星星和二弟數數兒。二弟吮了一口藍白色棒棒糖，接著數：「四、五……五隻，又只有五隻鴨子平安回家。」

「小呆瓜，你又去流浪了。」小星星大喊。

夏天夜晚總是來得特別慢，小星星和二弟沿著霞光的河邊，呼喊小呆瓜。

小呆瓜在六隻鴨中最與眾不同，哪兒都敢去，再可怕的水

浪都敢游、再大的雨都敢到處晃、再黑的夜晚都敢去闖，爸爸說這種表現是「有勇無謀」，所以才叫小呆瓜。

小星星和二弟走過木橋，來到小瓦河中央的沙洲，纍纍的石頭躺在沙地，春天過後的菅草漸漸長高，有幾隻水鳥驚飛起來。

水鳥往小瓦河飛去，低低掠過水面，留下幾聲啾啾啾的鳴叫。

呱！呱！呱！

突然河面傳來幾聲聒噪，小星星和二弟互看一眼，聽出是小呆瓜的叫聲。他們撥開草叢，蹲在大石頭上，看見牠在撒滿霞光的河面奮鬥。這會兒，牠是個鬥士，在白色水花的湍急地方，猛扎身子，頭上腳下，往河底鑽去。

呱！呱！呱！

小呆瓜鑽出河面，叼著閃亮亮的東西，是一盞頭燈。

「太棒了，那是小呆瓜撿給我的禮物。」二弟說。

「是給我的。」小星星說。

「我的。」

「我的。」

小星星跟二弟爭執，都想擁有那禮物。他們最後決定，小呆瓜把頭燈給誰，誰就擁有它。只見小呆瓜游上岸，搖著胖胖的屁股走路，往另一端的草叢走進去。

「小呆瓜，我在這兒。」二弟喊。

「我以後不會叫你小呆瓜了，我在這兒。」小星星也大喊。

「聰明王，我在這兒。」

「宇宙聰明王，我在這兒。」

「你不要學我講話。」二弟怒氣沖沖的瞪小星星，隨後跳過幾顆石頭，溫柔的對小呆瓜說：「謝謝你把禮物給我。」

小呆瓜扭頭走開，搖晃屁股拉坨屎，沒把禮物給二弟。這讓小星星拍手大笑。

小呆瓜來到一棟傳說的「流浪屋」。

「流浪屋」是一間由垃圾組合而成的房子，歪七扭八，像狂風中喝醉的模樣，屋前還放了幾個瓦斯桶。

這是藍眼叔叔的家，位在沙洲中央。

藍眼叔叔正在屋前生火，準備煮晚餐，火光亮晃晃，濺出細細的火星，映照在他身上。一陣晚風吹來，菅草左右搖晃，門下破陶風鈴響著，藍眼叔叔抬頭看見了他們。

好澄明的藍眼睛，像在山巔抓到了一把藍天。這麼透藍的眼睛，或許吸引了小呆瓜。牠把頭燈送給了藍眼叔叔，呱呱叫了幾聲。

小星星與二弟看了好嫉妒。

二弟裝模作樣的靠近藍眼叔叔，趁機瞄小星星一眼，說：「叔叔，告訴你一個祕密，你、已、經……」

「你已經醒了。」小星星搶話。

「你上當了，不是這個祕密，哈哈哈。」二弟好興奮，不斷跳腳嘲笑，對藍眼叔叔說：「我知道你是來自礦山的礦工。」

「孩子，你怎麼知道？」

「我外婆家附近的那座礦山不見了，礦工也不見了。」

「原來是這樣。」

藍眼叔叔的臉上滿是鬍碴，遮住嘴角的疤痕。他的身體布滿傷痕，手臂留下像是挖土機鏟出來的凹痕，胸口有著像是怪手履帶爬過的瘀痕，只要流汗浸透衣服，那些傷痕便毫不客氣的露出。

「我答對了，你要送我禮物。」

藍眼叔叔睜大眼，說：「我是你撿到的禮物，你要什麼都行？」

「頭燈，我要頭燈。」

「行。」

小呆瓜揮舞翅膀，似乎很生氣。

二弟揮舞雙手，跳了起來，他把頭燈戴在頭上，拿了一根棍子，學礦工拿圓鍬挖礦，與怒氣呼呼的小呆瓜比劃。

夕陽夠斜了，二弟戴著頭燈，扭了開關，頭燈放出光亮，這燈眞是炫呀！

夜來了，他們離開沙洲，「流浪屋」也亮燈了。

好孤寂的藍眼叔叔，連屋裡的燈火也是孤孤單單的。

「別看了，沒有用的。」二弟說。

「怎麼說？」小星星問。

「頭燈只有一個，他不會再給你了。」二弟炫耀著，把頭燈往下調，照著他臭屁的鬼臉，標準的一隻討厭鬼。

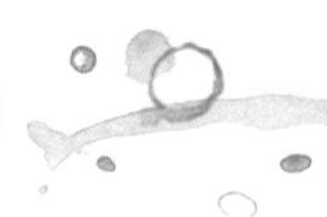

四

夏風燥熱，夏蟬鳴叫，嗡嗡嗡。

他們坐在龍眼樹下，看著樹上的龍眼膨脹長大。

樹下蔭涼，三弟窩在媽媽懷裡，睡得打呼嚕，眼皮上的小包還在。

夏天多颱風。收音機的氣象廣播說，中度颱風不會經過臺灣，往菲律賓前進，但是外圍環流會帶來豪雨，請山區居民注意。

「颱風會不會追來這裡呀？弟弟身上有颱風的記號呢！」二弟吃著粉紅色的棒棒糖，不時發出吸吮的呼嚕聲音。

「不可能，氣象報導很準。」

「那這樣，我們去找藍眼叔叔吧！」二弟轉頭對小星星，偷偷說：「也許他又會給我什麼禮物。」

「不要，他只給你禮物。」小星星篤定的回應，奇怪的是，他的腳步仍邁向小瓦河，或許他期望藍眼叔叔會給他禮物。

不久，河面在他眼前躍動，鉛色水鶇的尾羽不停擺動，發出「吱吱」的聲音；夏日的風自由奔跑，將萱草吹低身子，露出沙洲中央那棟歪斜的流浪屋。

藍眼叔叔正在修屋子，用河裡撿到的各種垃圾，裝飾房屋。

「叔叔，我告訴你一個祕密。」二弟說。

「又有什麼祕密？」藍眼叔叔問。

二弟瞧見小星星滿臉糊塗，知道他猜不到，才笑嘻嘻的說：「叔叔，這祕密是我給要你一根棒棒糖，請你教我們蓋房子。」

二弟張開嘴，露出棒棒糖的小塑膠棍當作禮物。

那沾著口水的噁心禮物，藍眼叔叔拿了過去。

藍眼叔叔舉起棒棒糖，對著刺眼的太陽，糖果頓時閃亮亮，映得他臉龐都是燦爛霓光，非常明亮美麗。

「眞是好禮物。」他把糖果別在耳朵上，露出滿意笑容。

「那你也要給我一個禮物。」

「當然，這間房子就由你來命名吧！」

二弟努力想著，臉上混合多種表情，忽然乍現喜悅，喊：「歪七扭八的棒棒糖屋！」

「非常沒創意的想法。」小星星心想，要嘛，叫棒棒糖屋就好。

「非常有創意的想法。」藍眼叔叔說，「很多人會想，乾脆叫棒棒糖屋，你多加了歪七扭八，非常有創造力。」

小星星腦門嗡嗡響，像是一群蜜蜂打架，二弟卻樂得跳起來。小星星有種恐怖的想法，藍眼叔叔能看穿人的心思。

「我的禮物是，你們可以裝飾歪七扭八的棒棒糖屋。」

藍眼叔叔說。

　河流帶了拖鞋、皮球、寶特瓶、游泳圈、牙刷、吸管、瓦斯桶等垃圾，成了棒棒糖屋的藝術品，一千根吸管裝飾成房子的寒毛、五隻拖鞋是耳朵、寶特瓶是鼻子、游泳圈是嘴巴，「但是牙刷還是牙刷。」二弟這麼堅持，「因爲糖果屋也要刷牙。」

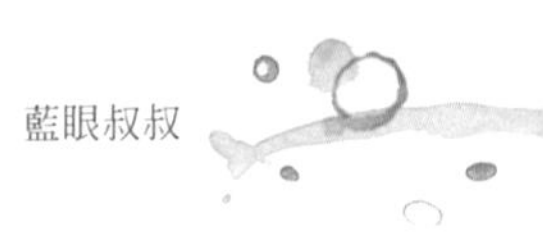

「那你爲什麼總是不刷牙？」小星星指責他。

「我又不是糖果屋，我要是糖果屋，我就會刷牙。」

二弟把牙刷放在游泳圈上，「現在，它含著牙刷了。」

「那是含著棒棒糖。」

「牙刷。」

「嘴巴含著牙刷是沒有創意的想法，喔！我知道了，你是怕人家說這流浪屋長得像你，會含棒棒糖。」

「就是牙刷。」二弟生氣，跺著腳。

「是棒棒糖。不然我要跟爸爸說，你又來找藍眼叔叔

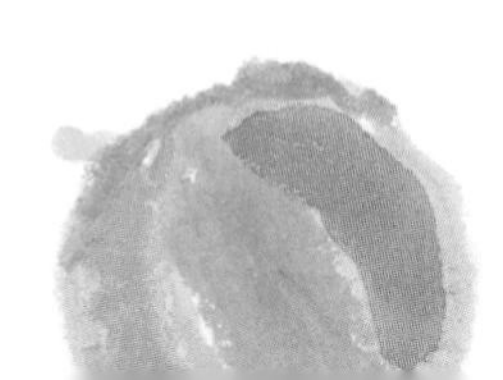

了。」小星星語帶威脅。爸爸不討厭藍眼叔叔，但是不喜歡他們來小瓦河玩。河邊有危險，一滴水可以嗆人，何況是一條河。

「好吧！」二弟嘟著嘴，轉身過去對藍眼叔叔說，「房子的嘴巴含著的是棒棒糖，你不要當成牙刷。」

「我認爲，含著棒棒糖的想法很有趣，很像你的模樣。」小星星樂得大叫，這點子是他想的，臉上裝得下一噸重的笑容。

二弟也高興的睜大眼，但隨後平淡的說，「這是哥哥的想法。」

「我喜歡你的誠實，也喜歡哥哥的創意。」藍眼叔叔說完，把一捆撿來的繩子拋過房子，牢牢固定住。

「繩子要幹麼？」

「喔！因爲颱風要來了。」

「可是氣象預報說，颱風不會來。」小星星回答。

這時的二弟，看見門口旁的幾桶瓦斯桶。外表鏽蝕的鋼桶，看起來卻有生命似的，緩慢呼吸，堅硬的鋼桶微微脹縮，肚子一縮一脹，像幾條褐灰色的狗躺在地上睡覺。

二弟蹲下來摸，瓦斯桶抖了一下，像狗突然醒來的顫動，他感受到神奇的力量在裡頭，吸引他、召喚他、誘惑他，果然禁不住打開了瓦斯的開關旋鈕。

轟隆一聲，一股氣旋噴出來，把整座糖果屋都震歪。

強風往天上捲去，發出鞭子的聲響，盤旋幾圈後消失。白雲嚇得往四周閃，快速泛了開來，留下瓦藍天色。

二弟倒在地上，滿臉都是驚恐，連說對不起的力量都沒有。

「沒事的，那只不過一陣強風。」藍眼叔叔說。

「什麼風這麼厲害？」

「颱風。」

五

颱風終於來了，整個晚上很瘋狂，風呼咻呼咻的撞，雨劈里啪啦的甩，不客氣的「叩、叩、叩」敲擊門窗，小星星家的房子不斷發出詭異的聲音。

小星星和二弟躲在同張床上，第二天早上天還微亮就醒了，一骨碌爬起來，朝窗外望去。

「河水漲起來了呢！」

「鴨窩空蕩蕩的，鴨子一定下水游泳了。」

不遠處的小瓦河都是濁水。離家出走的破盆子、玻璃瓶，還有漂流木，在落葉間載浮載沉。從窗戶往上望，天空一片碧藍，風薄得很透明，雨燕也出來湊熱鬧。這是進入颱風眼的安靜時刻，天空暫時沒有暴風。

小星星和二弟趕緊跑出去。二弟手裡握著昨天吃剩的棒棒糖。

村人都出來了，站在河邊，手拿長竹竿，想撈河裡的

漂流木，放入灶裡當柴火燒。突然，風開始變得激動，吹得衣服啪啦啪啦響。

碧藍的天空，瞬間被墨染黑了。

雨燕收起翅膀，回家了。

雨水像洗澡的蓮蓬頭，灑了下來。

河水暴漲起來，像混濁的大蟒蛇爬上岸，吞掉雜草與石塊。

村人將竹竿丟入河裡，落湯雞一樣的跑回家。

二弟跑回家時，手中的棒棒糖被風吹走了，他捨不得，回頭看一眼，「就送你當禮物吧！」二弟進屋前大聲對颱風說。

颱風沒有回答，只是大力敲擊著門窗，發出「匡啷、匡啷」的聲音。小星星的犬齒，就在那時很乾脆的斷掉了。

二弟接過斷掉的牙齒，端詳好一陣子，說：「你的牙齒少了一個角。」

「可不是嗎？」小星星說：「啃骨頭時磨壞的吧！」

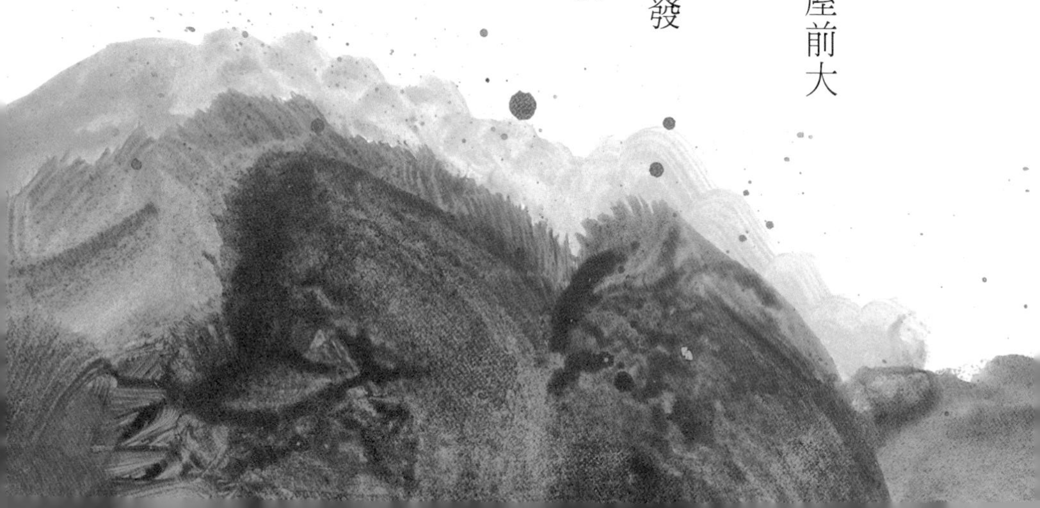

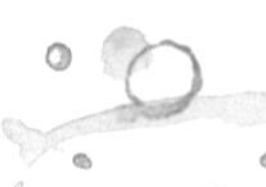

「把你的牙齒送給颱風吧！」二弟說。

小星星打開門，將牙齒丟出去。颱風收下了禮物，一道銳利的風捲來，把斷牙帶走了。那道風好強，使小星星想起了什麼，他轉頭看著二弟，兩人不約而同的說：「藍眼叔叔住在河中央，怎麼辦？」

窗外狂風垃圾與樹葉飛來飛去，到處

都是河水氾濫，看不見道路與水溝。這種情況越來越糟，他們無暇替藍眼叔叔擔心了。到了中午，河水淹進小星星家的客廳，他們把家具往桌子上堆，避免泡壞掉。

忽然之間，河水衝破大門，擠進小星星家，家具像噩夢一樣浮起來，發出撞擊聲，然後從窗戶或後門流出去。

小瓦河再次氾濫，大家習慣了。

媽媽坐在櫃子邊，一邊餵三弟喝奶，一

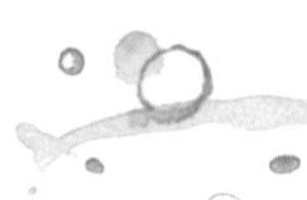

邊用腳打水。

爸爸把罹患阿茲海默症的奶奶推上床去，在她的輪椅下綁寶特瓶、兩旁塞保麗龍，好增加浮力。

二弟站在桌子上，看著客廳有沒有大魚游來，也許能為等一下要煮的泡麵增加菜色。接著，他看見課本掉進水裡，那是小星星的國語課本，浮浮沉沉的漂離大門，二弟緊張大喊：

「哥哥，你完蛋了，你的課本離家出走，你要被老師處罰了。」

「就讓它走吧！」

「不用擔心，我來救它。」二弟拿起掃把，想勾回水中的課本。

「你是見證人，你看到了，颱風好可怕。」小星星把書包裡的作業本都倒進水裡，說：「暑假作業全部被沖走了。」

「媽媽，你看，哥哥又亂來了，他把

作業扔到水裡。」

「你們不要再吵吵吵，安靜點，三弟要睡了。」媽媽把嬰兒抱在懷間哄睡，小聲說：「你們兩人比賽安靜五分鐘，比完我們就煮泡麵吃。」

小星星與二弟馬上閉嘴，但心裡仍有千萬句話要吵。

這時候，隔壁房間傳來撲通一聲，坐著輪椅的奶奶掉下水了。幸好有保麗龍與寶特瓶的浮力，她面無表情的在水面漂浮，從窗口湧進來的溪水，使她順著水往前流。

要不了多久，奶奶便從大門流出去，去村子散步了。

小星星與二弟睜大眼，不敢講話，怕誰先講話就輸了。

外頭的水流好強，奶奶與奇特的垃圾，在看不見的「水路」上流動。

「奶奶，快回來。」小星星忍不住大喊。

「喔！哥哥，不許說話，你先說話，你輸了。」二弟這才轉頭對廚房喊：「媽媽，救命呀！奶奶離家出走了。」

「奶奶哪裡會動？」媽媽說。

「是河在動，河流跑進我們家，奶奶被河流拐走了。」小星星喊。

媽媽抱著三弟來看，嚇得張大嘴，小瓦村最奇特的大遊行展開了：冰箱、檯燈與瓦斯爐在漂浮，腳踏車與機車在翻筋斗，書櫃與藤椅互相敲擊，電扇像通電般轉動，一百本書在水上像鳥類揮動翅膀，混在一道密密麻麻、五彩繽紛的塑膠袋裡。

遊行每五年一次，伴隨著豪大雨發生，奶奶看過十五次了，都是躲在門後，這次乾脆加入遊行。

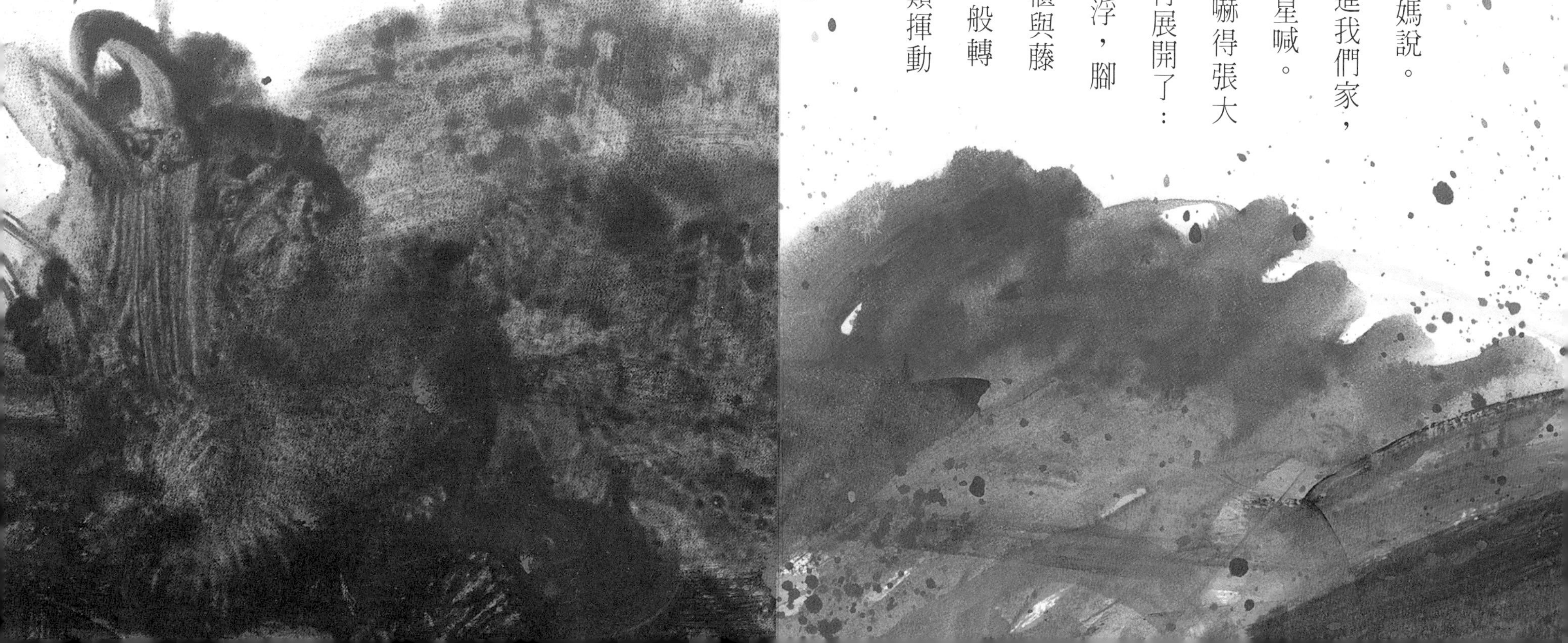

爸爸決定出門去找奶奶。

爸爸臨時做了一條船與槳。船是大桌子，槳是在掃把尾端綁上鍋蓋。

他把船划出門時，小星星與二弟好羨慕，他們一直想要一條船，並且搭船去拯救誰，現在這個機會被

爸爸搶走了。

風雨越來越大，很快的，爸爸消失在模糊的遠方。越來越清楚的只剩下河水線，它超過五十公分，很快來到六十公分，這時二弟大喊：「哥，快看，有艘大船划走了。」

小星星往窗外瞧去，那一艘大船，不，是一棟木造房子，順著激烈的河水往下游流去。房子裡應該沒有人，只剩下一隻花斑貓，在屋頂焦急的走來走去，房子很快消失了。

風雨太大了，他們得用木板堵住窗戶才行。但是，堵不住的河水，從各種縫隙噴進來，二弟開始哭了，三弟也哭了，媽媽不知如何是好。

小星星祈求爸爸快點回來，回來幫助他們。風強雨驟的時候，小瓦河的水倒灌進來，都淹到小星星的腰際了。

昏暗中，小星星看見鞋子的左右腳一東一西漂浮，桌子半浮半沉、家具也都不在固定的位置上，全聚集在門邊列隊，等著離家出走。這時，有人在大門徘徊，他嘴巴右側含根棒棒糖，口哨聲音很響亮，帶著甜甜的味道，飄進家裡。

是藍眼叔叔，他騎著海豚進來了，在客廳轉了身。

海豚尾巴在轉身時，激烈的打著水花，濺溼了小星星的臉龐。

「我就知道是你，藍眼叔叔。」二弟興奮大喊，突然站不住腳，從桌子上摔倒，掉入水中。藍眼叔叔揚起哨聲，把海豚用腿一夾，牠噴出滾滾的水花，沒有半點遲疑，把二弟從水底撈了起來。

現在，二弟騎在海豚上了。

小星星也往水裡跳，騎上另一隻海豚。他摸海豚的身軀，毛茸茸觸感，噗哧笑了出來，「這哪是海豚呀！原來是廚房燒飯的瓦斯桶。」原來那些擺放在歪七扭八糖果屋前的瓦斯桶，現在都變成海豚了。

「藍眼叔叔，你的糖果屋呢？」小星星問。

「送給河流當禮物，順著流水不見了。」藍眼叔叔舉起大拇指，「還好你們家的六隻鴨子來救我。」

「救你？」

「牠們被大水往下衝，一路呱呱叫，叫得我心疼，把我的魂都叫出來，這不是救我是什麼？」

「眞的。牠們呢？」

「在諾亞方舟上。」

小星星往門外看，簡直是世界奇觀，一株巨大的漂流木在外頭。漂流木是來自深山的檜木，直徑有兩公尺左右，上頭站滿了動物，除了六隻鴨子，另外還有水鹿、黑熊、山羌、食蟹獴、穿山甲，牠們依偎在一起取暖。小星星還看到那隻花斑貓，牠原本站在漂流的屋頂，現在被救到漂流木上。

奶奶也在裡頭，她與她坐的輪椅，就掛在漂流木旁邊。

諾亞方舟是《聖經》裡記載，用來避開大洪水災難的大船，小星星看這根木頭，上頭運滿了各種動物，果然像諾亞方舟。

「原來我們村子藏了這麼多動物，還有黑熊。」小星星很驚訝。

「還有好多蜥蜴，我看到了。」二弟大喊。

「動物是從上游漂下來的，被我撿到。至於你們的奶奶，應該是從家裡漂出來的，剛好被撿到。」藍眼叔叔說。

「還有螞蟻與蚯蚓。」二弟說。

「我知道了。」小星星說。

「還有奶奶。」二弟又說。

「沒錯，我看到了。」小星星說完，轉頭對藍眼叔叔說，「水越來越大了，我們好危險。」

「所以我來撿你們。」

「你先撿到我的糖果。對不對？」二弟插嘴，他指著從藍眼叔叔嘴巴露出的塑膠棒。

「我還撿到一顆牙齒。」藍眼叔叔說。

「那是哥哥的，好噁心。」

「水越來越大了。」小星星先阻止二弟的聒噪，才對藍眼叔叔說，「我們家淹大水了。」

「沒問題。」藍眼叔叔拿出一捆繩子，朝房子撒去，又扯又捆，又拉又綁，拉著所有家當往外移動，

小星星離開家了。他與二弟騎著瓦斯桶，在藍眼叔叔的帶領下，沿著河水氾濫的村莊，往山區移動。雨仍是號啕，風還是狂野，但是小星星的心裡踏實，他們往安全有希望的土地前進。

一路上，他們救了幾個在屋頂求救的村人，從水裡拉回一隻狗與兩隻貓，大家都平安了。

可是爸爸呢？他搭船去救奶奶。奶奶平安了，卻沒有爸爸的消息。

小星星擔心起爸爸。

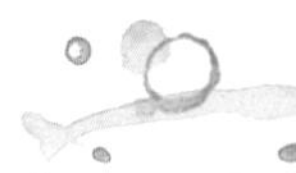

七

最後，巨大的漂流木船往山坡的岸邊駛去。站在樹叢尾端的二弟，看見一個熟悉的身影，那個人在風雨中孤單、奮力的划行，出現在村子另一端，那是爸爸。二弟雙腿一夾，命

令胯下的瓦斯桶，強迫它往前行。瓦斯桶彷彿有生命，怎樣都不肯馴服。二弟低頭咬一口，瓦斯桶痛了，脫離漂流木，獨自越過激流。

小星星看見二弟往激流處騎去，喊幾聲「弟弟，回來，快點回來」。二弟沒有回頭。小星星將瓦斯桶開關旋開，噴出更多的氣泡，他身子猛震一下，追著二弟去了。

「回來，你要進入河流了。」小星星對二弟大喊。

「過了河就可以找到爸爸。」二弟回應，頭也不回的騎往湍急水區。

「不行，那太危險了。」

「海豚很厲害的，沒問題。」

那裡果然很危險，決堤的小瓦河河水，在村裡比較和緩平靜，但是在河道上卻瘋狂無比。只見黃滔滔的波浪，連綿洶湧，又翻又跳，幾乎像電鋸高速轉動，鋸著河面上的漂流木。二弟騎著瓦斯桶勇闖，身子壓低，躲過強風，卻躲不過雨水。

二弟的表情嚴肅，非得要越過河流去找爸爸，不，是去救爸爸。

忽然一道大浪來襲，小星星與他騎的瓦斯桶被拋到空中，他抱緊桶子，落入河面時，胯下像是被翹翹板擊中，簡直痛不欲生。河流不會放過機會，趁機又來幾波大浪，把小星星拋得好高。

但小星星也不是省油的燈，幾次下來後抓到訣竅，已經能控制瓦斯桶，乘風破浪了。當三公尺浪頭來襲時，小星星雙腿夾緊瓦斯桶，衝上高浪，在凌空四公尺的地方大聲歡呼，爲自己慶賀，他看見爸爸的小船泊岸，人靠在小土丘喘息。就在這凌空高處，他看見方舟的動物全上岸了，他對牠們揮手，也對媽媽與藍眼叔叔揮手。

就在最高處，小星星看見二弟落水了，他被大浪打落水中，載沉載浮的求救，雙手猛烈揮動。

小星星趁著剛落在水面，扭身往二弟騎去，瓦斯桶噴出強烈水花，力道大，幾度讓桶子衝離水面，像是一艘快艇。小星星來到二弟身邊，他們的生命中有無數的拌嘴、爭執與冷戰，過去很多，未來也有，但是他此刻唯一的念頭是把弟弟救起來。

現在，小星星把二弟拉出水面，放在瓦斯桶前座。

二弟又冷又抖，臉上都是驚恐的表情，縮在瓦斯桶上。

不幸的是，他們騎著的瓦斯桶越來越沒氣泡，沒辦法衝破浪頭，小星星扭盡開關，仍然無法繼續噴出氣體。瓦斯桶的開關扭大，能加快速度，但是很快就會沒氣，小星星狠狠搥了一下桶子。它發出空洞回音。

「哥哥，沒瓦斯了，怎麼辦？」二弟焦急。

「沒關係，它沒了瓦斯，但還是空桶。」小星星又用力搥了桶子，希望它能擠出些氣體，但沒有作用，「空桶有空氣，有浮力，可以漂在水面，我們只要抓緊就行了。」

「可是……」

「可是怎樣？」

「桶子被你搥癟了，哥，你太大力了，桶子扁了。」

小星星驚訝的發現，這桶子被他大力一搥之後，確實慢慢縮小，變成像輪胎皮般軟趴趴的東西。他跟弟弟再也無法騎它，最後落入水中，緊抓著瓦斯桶。瓦斯桶不只乾癟，還漸漸縮小，縮到像——小星星沒有看錯，它變成石虎，瓦斯桶竟然縮水為花斑色的石虎，在水中努力掙扎，小星星把牠抓過來放在懷中。

現在他們在水中漂流，小星星大聲呼救，二弟則大哭。哭聲奏效了！有個人影快速朝小星星前來，小星星從急流中探頭，看見是藍眼叔叔來了，他想大聲呼救，水卻淹沒了口鼻。

當大浪把他拉到高峰，他再度看見叔叔朝他們而來。藍眼叔叔似乎在水面奔跑，後頭噴出雪白水花，但仔細一看，原來他是兩腳各站在一個瓦斯桶上，像是在滑雪哪！

但是小星星和二弟危險了。他們漂到小瓦河最險惡的毒龍灣，這裡是傳說中的禁地，流水湍急，曾經傷害無數人，現在的毒龍灣聚集最凶猛的流水，小星星與二弟在漩渦處轉圈，越轉越快，最後被強力捲進去，連不斷的哀號聲也被吸進去。

小星星知道，自己完了。

八

在越來越深的水裡，小星星什麼都看不清楚，什麼都想不到。

小星星抱著二弟，漸漸失去意識。在更深的水底，世界是旋轉的，溫度是寒冷的，顏色是黑濁濁的。

在更深的記憶裡，小星星腦海出現幾朵雲、幾株樹、幾座山，一些寧靜的落花、一些淙淙流水的淡靜，他和家人坐在那兒，享受美好時光，這就是生命的美好。

現在他終於知道，這樣簡單的美好要結束了。

小星星緩緩沉到水底。忽然，有股力量將他拉起來，脫離最深的漩渦，他感到那力量非常強大，逆著旋轉的激流，要衝出水面。

小星星睜開眼看，是藍眼叔叔。

藍眼叔叔的兩腳踩在瓦斯桶，藉強烈氣泡噴出的浮力，一手拉著小星星，另一手挽著二弟，往水面上衝。只是水太強了，不斷湧入的雨水與河水，形成強大的後勁，將他們緊緊拉回河底。

局勢越來越糟，藍眼叔叔右腳踩的那支瓦斯桶，噴出的水花越來越弱，越來越淡。逼不得已，他放開右腳，兩腳踩在同支瓦斯桶，兩手夾著小星星他們，全力往上衝。

最後，三人不敵水勢，都沉到水底。

在水底，水流拍打著他們。藍眼叔叔變得好恐怖，不是平日的慈祥面貌，他鬆開腳上那支瓦斯桶，不斷喃喃自語，露出明亮牙齒，他的肚子突然鼓起來，就像鳴叫的青蛙般鼓得好大，然後大吼一聲，噴出一股巨大無比的氣流，逼得激流往外退，把小星星與二弟都震昏了。

小星星醒來時，發現自己躺在石頭上，二弟躺在旁邊。他置身在颱風眼裡，旁邊是劇烈旋轉的流雲。小星星往上看，在颱風眼上頭是黑漆漆的天空，下著暴雨，風呼呼吹著，風雨都吹進颱風眼裡。颱風眼不是無風無雨嗎？怎麼會下雨？小星星懷疑著。

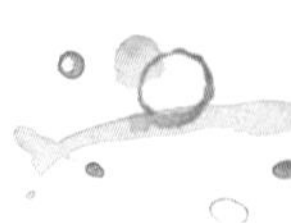

小星星翻身，看見二弟趴在大石塊上。

「噓！」二弟把食指放在嘴脣，小聲說：「哥，我們掉到水底了。」

「可是這裡沒有水呀！分明是颱風眼。」

「不是颱風眼，那是水漩渦。」二弟靠過來，「藍眼叔叔是惡魔。」

「亂講，他救了我們，不是惡魔。」

「他是瓦斯桶魔。」

「亂講。」

「眞的啦！要是等一下他來抓我們，要假裝睡著。」

小星星仔細看清楚，果眞不是颱風眼，是巨大的漩渦水牆，水流快速旋轉，水牆後頭是各種影子旋轉，有寶特瓶、腳踏車與各色垃圾袋，甚至有輛汽車，最顯眼的是五、六支瓦斯桶沿著水牆繞。小星星與二弟躺在漩渦底，也就是河底的大石上，而藍眼叔叔站在不遠處，背對他們。

這時候，藍眼叔叔準備轉身，朝小星星與二弟走過來。

「快裝睡。」二弟小聲說完，趴在岩石上。

小星星也嚇到趴著不動，閉上眼睛，卻忍不住瞇著眼看。

藍眼叔叔表情有些恐怖，他瞪大藍眼珠，虎牙很長，露在嘴唇外，鼻子變塌了，簡直是石虎臉孔的放大模樣。這副臉龐真的很嚇人，靠過來時，小星星只能緊閉雙眼。

「還好嗎？可以起來走嗎？」藍眼叔叔的聲音比平日低沉。

「嗚！」二弟發出微弱聲音，閉眼搖頭。

「這哪是裝睡？簡直是裝死。」小星星在心裡痛罵二弟，可是當藍眼叔叔轉頭問他能否起來走的時候，他也裝死，閉眼搖頭。

藍眼叔叔一手便拎起兩人，走向漩渦水牆，用另一隻手推它，喊說：「小傢伙們，聽我的話，往岸邊衝。」幾支順水旋轉的瓦斯桶，像凶狠的鯊魚往某個方向衝撞，水牆便往河岸邊緩緩移動。

小星星心想，這樣他們就能得救了，真是太棒了。但很快的又有新狀況，瓦斯桶漸漸失去力量，沒有足夠的力量攪動水牆，水牆慢慢往中間垮下，原本漩渦中央只有十幾公分的水位，現在往上升，就要淹到小星星的胸口了，他連忙咳嗽示警。藍眼叔叔大手一揮，瓦斯桶又順著水牆旋轉，加強水牆的穩固。

「河神呀！河神。」藍眼叔叔對水牆說，「何必爲難我呢？不如讓出一條生路。」

水牆繼續旋轉，沒有任何回應。

「我聽說小瓦村的河神，往日仁慈無比，今天卻如此殘忍……」

「停，別說那種奉承又噁心的話。」水牆發出聲音，然後從水幕中滾出一張紅沙發，接著掉出拐杖，最後走出一位臉上充滿鱗片的老人。小星星瞇眼瞧，那紅沙發曾是他們想送給三弟的水上禮物。老人撐著枴杖，坐上去時，沙發往外噴出幾道小水柱。

「給一條生路，怎麼樣？」

「生路？」老人大笑，臉上鱗片都快豎起來，「這條河都快成了垃圾堆的臭蛆，哪來生路？何況這兩個人對我們沒幫助，救了有什麼用。」

「他們救了我。」

「救你？人類毀了你這位山神呀！你看看，你身上被人類挖出來的疤痕，多到比我的鱗片還要多，人類只會從你身上搾出好處，哪裡會救你？」

「沒錯，人類毀了我。但當我絕望的順水流走時，是這小孩撿到了我，給了我希望，所以我希望你給他們一條生路。」

「你太弱了，才被欺負。」

「給一條生路，如何？」

「嗯……不如這樣，你給我你身上的一樣寶貝，我也許能幫你。」

「什麼？」

「藍眼睛。」

「好，一言爲定。」藍眼叔叔沒有考慮就答應了。

「你很乾脆，我喜歡。我會暫時阻止河水湧入，但是那些注入河流的洶湧雨水，我實在沒有辦法阻擋，你自己來吧！」

說完了之後，河神站起來，將破沙發推到水牆，途中跌倒了兩次，讓小星星擔心這老人會跌死。沙發才碰到水牆就被收走，接著河神伸手碰觸水牆，嘴裡喃喃唸著咒語，有的淙淙，有的潺潺，有的泠泠，有的咕嚕，有的漉漉，接著轉爲急促的嘩啦啦，小星星可以聽出那是河流的各種水聲。

忽然，水神大吼一聲，化成一道水影鑽入水牆內。

只見藍眼叔叔跳上大石頭，露出披滿黃鱗片、彷彿鷹類足部的爪，尖銳的指甲插進石塊上，「來吧！小傢伙們，聽我的話，吐掉肚子裡的氣。」

藍眼叔叔說完，那些順著水牆旋轉的瓦斯桶紛紛洩掉氣，越來越小，啵一聲，滾出水牆變成了石虎。那真的是石虎，兩隻蹦、三隻跳，回到藍眼叔叔的身邊。

水牆毀了，水聲狂放，從四面八方淹過來，淹得小星星與二弟猛咳嗽，透不過氣。

「吸！」藍眼叔叔猙獰大喊。

只見六隻石虎弓起背、豎起毛，張口激烈的吸水，所有水花哪都不去，都滾進牠們的嘴裡。六隻石虎吸滿水，又成了六支瓦斯桶。藍眼叔叔跳上牠們，抓緊小星星與二弟，朝河面噴出去。

九

礦山——那曾經死寂的黃土地，現在充滿生機，泛著植物的綠意。小星星和二弟沿著藤蔓與構樹茂盛的小徑前進，一隻五色鳥嚇飛了，小星星抬頭看見有人在遠處種下一棵樹苗，那個人的背影襯托著幾朵雲、幾株樹、幾座山，以及一些寧靜落花的繽紛、一些流水淙淙的淡靜。

那是藍眼叔叔。

小星星大喊一聲，山也喊回來。

二弟大喊一聲，藍眼叔叔也喊回來。

兩人追上去，在一條清澈無比的山澗旁，水聲嘩然悅耳，藍眼叔叔背對著他們，蹲在大石頭上在做什麼事。小星星走過去，看見叔叔在磨亮眼鏡。鏡片是棕色的酒瓶罐底，鏡架是鐵絲。當叔叔戴回臉上時，小星星心中一陣抽痛。他的藍眼珠沒有了，變成死濁濁的顏色，縮在像是有嚴重近視的鏡片後頭，看起來就像災難，而且永遠沒有變好的機會。

「你們好厲害，竟然找到我。」

「叔叔，你過得好嗎？」

「很好，我都在種樹。」叔叔回頭問，「那你們過得怎麼樣？」

沉默了一會，二弟說：「叔叔，我心中覺得怪怪的，卡了一個祕密。」

「我也是。」小星星說。

「我可以聽聽你們的祕密，講出來之後，就比較舒服了，不是嗎？」

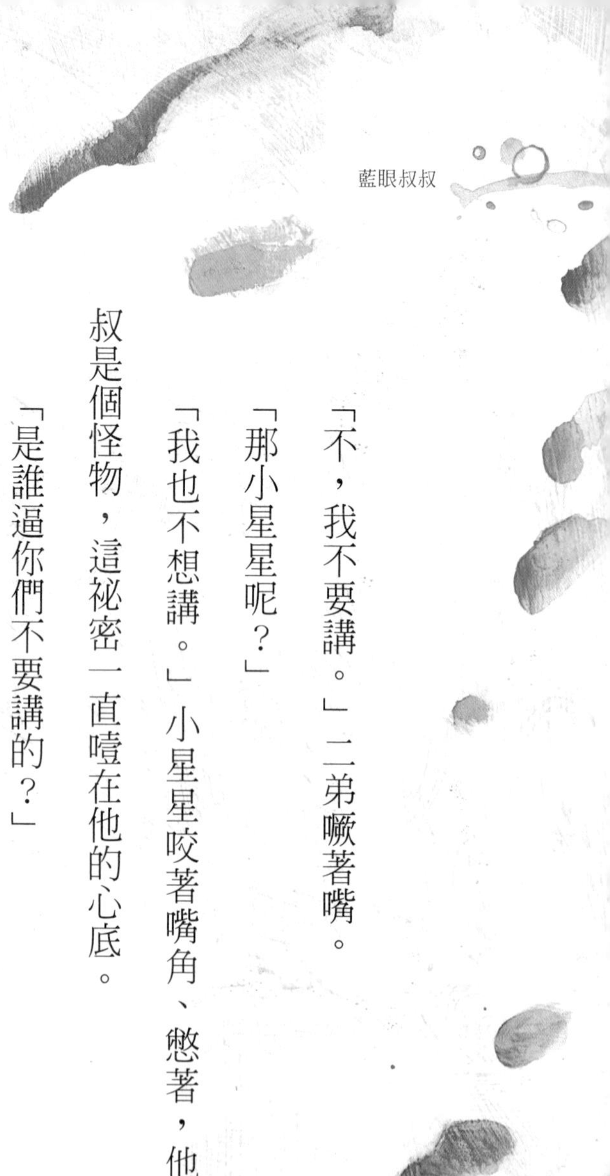

「不，我不要講。」二弟噘著嘴。

「那小星星呢？」

「我也不想講。」小星星咬著嘴角、憋著，他知道叔叔是個怪物，這祕密一直噎在他的心底。

「是誰逼你們不要講的？」

「沒有人。」

「孩子們，你們長大了。只有大人才會這樣哪！將祕密痛苦的藏在心底。」叔叔調整眼鏡，輕摸二弟的頭。

嘩啦一聲，二弟被溫柔的手一摸就哭了，小星星也是。

他們哭得旁若無人，用手背搗著眼睛，哭得好悲傷呀！淚水在臉龐宣洩，像是某種東西消失了，一輩子不再擁有般的難過哭泣，久久停不下眼淚，久久停不下哭聲。

「你們成爲大人了！來吧！我們一起游泳，用河水擦乾眼淚。」

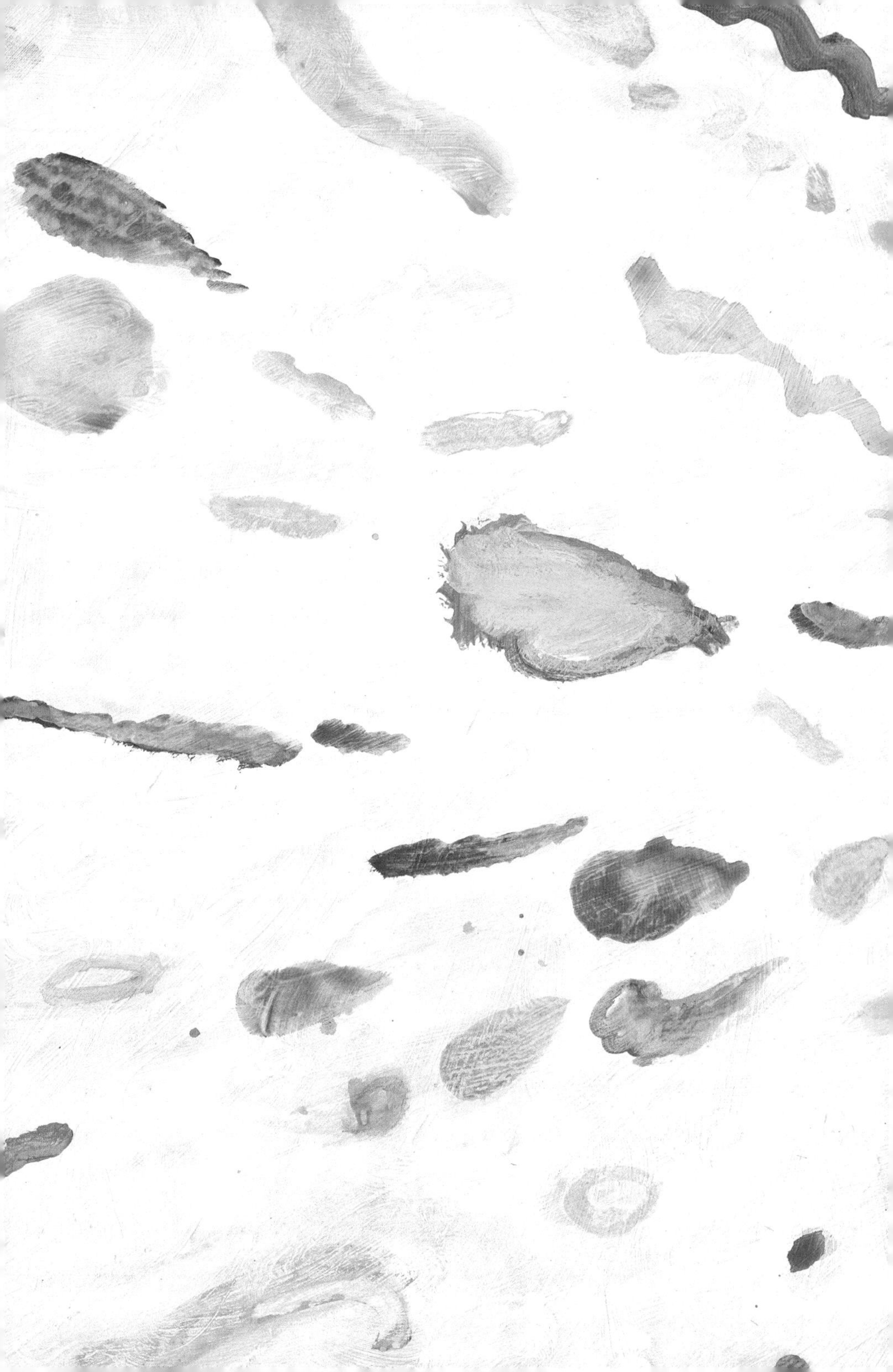

「好。」

只見叔叔脫光衣服，連褲子也不穿，小星星看見那個布滿傷痕的身體，有一天他也會變成那樣吧！去面對世界的挑戰。

溪鳥水鶇叫得清脆，山風最清涼的時刻，一道弧影先戳破河面，接著兩個人影跳去，把泛著白雲倒影的潭水弄皺了，卻多了笑聲。小星星有種感覺，他不是跳進水裡，而是跳進山的眼睛裡。

水潭是藍色的，非常、非常的藍，那曾是叔叔眼睛的顏色。

生命中失去的，從來沒有眞正失去過。

小星星知道。

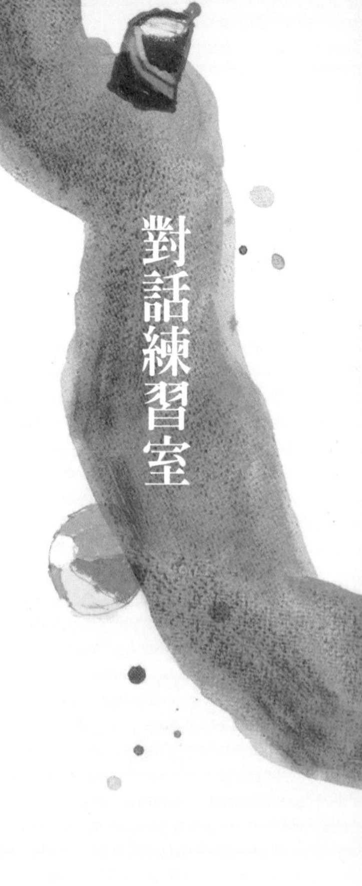

◆生活中要是遇到怪叔叔，要怎麼辦？

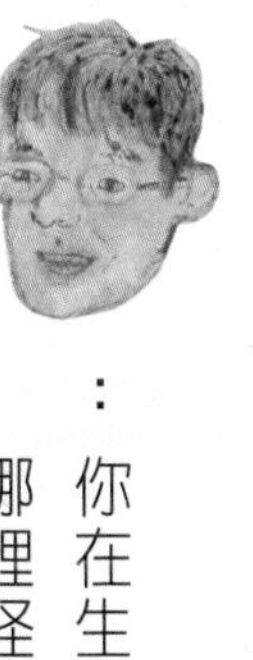

：你在生活中，有見過「怪」叔叔嗎？可不可以說說看，怪叔叔哪裡怪？是長相奇怪嗎？還是穿著很奇怪？或是行為、說話很奇怪？不妨跟大人討論一下，自己的想法與經驗。

我們希望所有的孩子，能對世界保持好奇，對世界保有連結與愛。但是這個基礎，是建立在自己安全的基礎上，因此要先學會保護自己。

怎麼才算保護自己呢？若是遇到了「怪」叔叔，心裡感覺很奇怪，要先找到人多的地方求助，比如便利商店。尋找到安全庇護後可以聯絡熟識的大人，確保自己的安全。

如果自己是安全的，心中還是會害怕，那可能是過去的經驗，嘗試接納這樣的感覺；可以的話，也接納不同的人，慢慢養成自己的力量，認識這豐富的世界。

◆看到故事中這麼多動物，讓我也想養寵物，但是爸媽不肯，怎麼辦？

：想要與動物連結，是一份很美的心意。有些寵物容易與人建立很美好的關係，比如狗與貓。

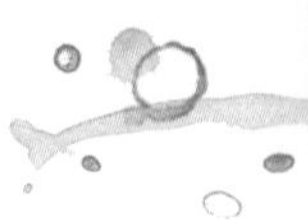

《藍眼叔叔》中有幾隻鴨子，那是我童年所養，但是鴨子野放在外，在河流與山林之間嬉戲，我看著牠們優游自在，就感覺很開心。有一天颱風來了，有些鴨子沒回來，爸爸穿著雨衣去找鴨子，後來有一隻鴨子走失了，我感到非常傷心難過。

過去的鄉村生活，養鴨目的是當食物。但是我們養出感情，眼見鴨群逗趣可愛，不忍下手宰殺，一直養到牠們老死。因為養寵物是責任，若是不想養了，仍須為寵物負責。

鄉下養鴨子可野放，但是城市養寵物需居家，需要近距離照料，包括餵養寵物、照顧寵物、關心寵物，花費不少心力陪伴。目前年紀較小的孩子，仍依靠爸媽照顧，如果要養寵物，通常父母會花比較多心力，照顧寵物的工作也會落到父母身上。

我目前的心靈自由，沒有養寵物，只種了幾盆植物，裝飾窗景。但有時仍忘了澆水，植物近乎乾枯，幸好澆水後便恢復。所以若我的孩子要養寵物，多方考量下，我大概還沒辦法答應。

如果想養寵物而被父母拒絕，那怎麼辦呢？

我建議，將這份養寵物的心意，放在心中學習，培養自己的心靈照顧，未來有能力了，再決定要不要養寵物。

你還可以想想，要如何照顧寵物？如何面對寵物的生活？接著提出更好的計畫，告訴你的父母，說明自己如何負責。父母不一定會答應你，但是可以更加讓父母明白，你是一個真正願意負責，學習如何養寵物的人，也許父母就會更了解你，或者就此答應你了。

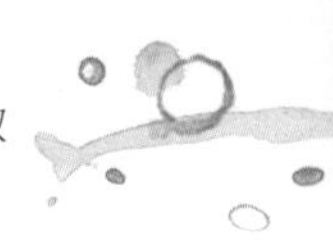

◆《藍眼叔叔》寫到，「小瓦河帶來各式各樣的東西，青菜的菜葉、孤單的拖鞋、破掉的玻璃瓶，或斷一隻腳的玩具小錫兵……」這是真的嗎？

：不知道你曾經親近自然嗎？親近一座山、親近一條河、親近一棵樹，或者親近一朵花，都會有神奇的發現。

我們兩位作者，生命中各有一條河，或者說一條小溪流過。臺灣的河流屬於荒溪型河川，流水不穩定，乾季時河中少水或無水，雨季時河水充盈。忽然暴漲的河流很危險，吞掉兩岸的東西，往下流帶去。

當我們還是孩子時，時常親近溪流。夏季水量豐沛，能在水裡撿到來自上游森林的木頭，這是臺灣俗稱的「撿大水柴」，撿回家中當柴燒。當時的民衆欠缺環保意識，把家庭廢棄物往水中扔去，河水帶走一切，水裡常有各種物品，也成了孩子「撿寶」的天堂。

有一部日本電影《佐賀的超級阿嬤》，主人翁的家門前有河流，勤儉的阿嬤知道河流會帶來二手的日用品，教導她的孫子如何在河裡「撿寶」，這和我們當初的經驗差不多。

現在的溪流整治良好，但是不少水質優養化，比較不親民。有些小溪仍舊乾淨，清晰可見小魚小蝦，有特殊的生態出現，比如淡水河畔的水筆仔叢林，庇佑不少美麗生物，但是也常見塑膠袋、保特瓶，顯見時代變遷，河流的命運也隨之改變。

邀請你仔細觀察一條河，你會發現什麼呢？

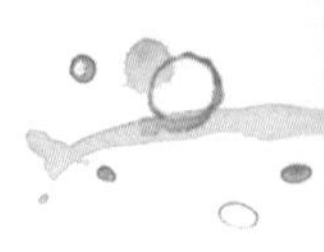

◆藍眼叔叔的眼睛，為什麼是藍色的呢？

：想像一張著色圖畫，只有眼睛的輪廓，需要塗上顏色，並且在瞳孔畫上你希望看到的景象。你會畫什麼？

這是自由創作，你可以大膽畫上生活的記憶或景象，一場難忘車禍、家庭溫馨、考試緊張、旅行遊玩等等。你可以憑意志決定，沒有人能左右。於是這解釋藍眼叔叔瞳孔顏色的由來，選擇權有很多，最終由我這位作者的「創作意識」決定了藍色。

世界上不同人種的眼珠子顏色也不同，有紅色、琥珀色、綠色、灰色、藍色、粉紅色。漢人的眼珠子顏色，大部分是深褐色，看起來像黑色。故事中叔叔的眼睛如果是紅色，顯示孔武有力，感覺也比較凶吧；如果是琥珀黃也不錯，像是某種動物；如果是綠色，讓人聯想到外星人。最終，我覺得藍色眼珠既神祕又親切，還有溫慈的感覺，這就決定了藍眼叔叔的瞳孔顏色。

我喜歡藍色，藍色有很多漸層，並不會單調。你可以試著找找看，生活中的藍色漸層有哪些？鉛筆、衣服、天空、書封、血管浮筋、食物中，都有好多藍色漸層，有時候我拿來排列，從濃到淡，發現自然界不單調。

我喜歡一種最深的藍色，不論鄉間到城市都有，它叫「子夜藍」，意思是深夜天空的顏色。目前大部分的人生活在都市，即使有光害，但只要到沒有路燈的地方往天空看，就會發現這種顏色，黑夜的天空不是黑色的，是深邃迷人的深藍色，詩意嫻靜，令人有一股平靜浮上心頭。

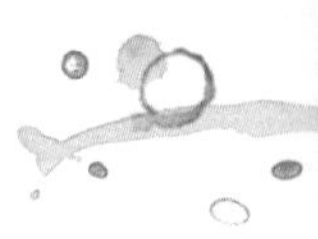

◆我對大自然不太有興趣，要怎樣培養興趣？

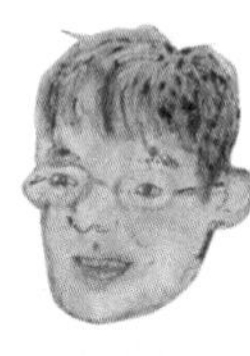

：小學基礎教育階段，小朋友對各科都保持不錯水準。年紀漸長，到了國高中，對各科學習與熱情有了不同，有人喜歡國文或英文，對數學的興趣不足；有人則喜歡物理，對地理比較冷淡。興趣也是，它很容易固定，隨年紀越大，興趣圈變得很小，但是對興趣內容會變得專業，變成專家，甚至變成了令人佩服的職業級高手。

我讀小學時，每到寒暑假，父親規定每天得寫書法、背詩詞，這是訓練定性與靜心的方式。我不太喜歡這功課，耗在桌邊，不如到戶外撒野有趣。我知道身邊有些朋友，從小被要求以斯巴達式練習某些樂器，比如鋼琴，長大之後反而痛惡鋼琴。比較起來，還好父親當時沒有限定我長時間練習書法或背誦詩詞，再加上不想惹父親生氣，我便乖乖完成每日功課。後來發現，當初學寫書法與背誦，改變了我後來的生活習慣，這是當初沒想到的。

沒有一定要對大自然有興趣，畢竟現代人的生活圈多半在都市，能接觸大自然的地方只有公園或學校的人造環境。但我很好奇的是，如果對大自然沒興趣，你會對什麼感興趣？並且付出毅力面對。興趣容易觸動，像火柴，著火很快，熄滅也是，但是要像營火源源不斷燃燒，需要的是努力。如果有一、兩項興趣，是你願意付出時間與挫折去面對，這才是好的啟程。我也期待這興趣陪伴你長大，並找到更多同好切磋。

李崇建 X 甘耀明故事想想 2：
藍眼叔叔

作者｜李崇建．甘耀明
繪者｜Ila Tsou（享想）

責任編輯｜李幼婷
美術設計｜也是文創
行銷企劃｜陳雅婷、吳函臻

天下雜誌群創辦人｜殷允芃
董事長兼執行長｜何琦瑜
兒童產品事業群
副總經理｜林彥傑
總編輯｜林欣靜
主編｜李幼婷
版權主任｜何晨瑋、黃微真

出版者｜親子天下股份有限公司
地址｜台北市 104 建國北路一段 96 號 4 樓
電話｜（02）2509-2800　傳真｜（02）2509-2462
網址｜www.parenting.com.tw
讀者服務專線｜（02）2662-0332　週一～週五：09:00~17:30
傳真｜（02）2662-6048　客服信箱｜parenting@cw.com.tw
法律顧問｜台英國際商務法律事務所．羅明通律師
製版印刷｜中原造像股份有限公司
總經銷｜大和圖書有限公司　電話：（02）8990-2588

出版日期｜2020 年 10 月第一版第一次印行
　　　　　2022 年 11 月第一版第四次印行
定價｜340 元
書號｜BKKNB002P
ISBN｜978-957-503-666-9

訂購服務
親子天下 Shopping｜shopping.parenting.com.tw
海外．大量訂購｜parenting@cw.com.tw
書香花園｜台北市建國北路二段 6 巷 11 號　電話（02）2506-1635
劃撥帳號｜50331356　親子天下股份有限公司

國家圖書館出版品預行編目資料

李崇建 X 甘耀明故事想想 2：藍眼叔叔 / 李崇建, 甘耀明著 ; Ila Tsou 繪. -- 第一版. -- 臺北市 : 親子天下, 2020.10
152 面 ; 14.8 x 21 公分.
ISBN｜978-957-503-666-9(平裝)

863.596　　109012309